輕鬆學作文

實用文篇

何捷 著

商務印書館

責任編輯　毛宇軒

裝幀設計　涂　慧

排　　版　高向明

責任校對　趙會明

印　　務　龍寶祺

輕鬆學作文・實用文篇

作　　者　何　捷

繪　　畫　奧東動漫

出　　版　商務印書館（香港）有限公司

　　　　　香港筲箕灣耀興道 3 號東滙廣場 8 樓

　　　　　http://www.commercialpress.com.hk

發　　行　香港聯合書刊物流有限公司

　　　　　香港新界荃灣德士古道 220-248 號荃灣工業中心 16 樓

印　　刷　嘉昱有限公司

　　　　　香港九龍新蒲崗大有街 26-28 號天虹大廈 7 字樓

版　　次　2024 年 2 月第 1 版第 1 次印刷

　　　　　© 2024 商務印書館（香港）有限公司

　　　　　ISBN 978 962 07 4679 6

　　　　　Printed in Hong Kong

作文派英雄卡

油菜花

作文派三弟子。冰雪聰明，內外兼修，最擅長舉一反三，作文功力勝於兩位師兄。

至尊飽

作文派二弟子。善良老實，為人仗義，軟肋是貪吃。

小可樂

作文派大弟子。機智勇敢，勤學肯練，好奇心強，遇到高強的作文功夫就走不動路，不學到手不罷休。

東寫

章真人

萬花筒

西讀

包打聽

觀海　看山

白日夢

唐三百

景語大師

華小仙

書信與演講稿篇

目　錄

讀後感篇

書信與演講稿篇

第五十七回

飛鴿傳書柳葉鏢

書信，情感交流的載體

書信好似柳葉鏢，往返來去如飛刀。
聯絡感情靠二鳥，鴻雁飛鴿江湖飄。

　　我是一隻信鴿。這是我翅膀受傷之後連續飛行的第七天。我已經非常小心了，奈何戰場上硝煙四起，實在難以躲避，將軍剛剛把信件綁在我的腿上，一把利劍直插而來，還好將軍眼疾手快，順勢側身，保住了我的小命，只傷到了我的翅膀。我已經飛了七天了，沒吃沒喝，只為了將自己腳上的信件送到千里之外。我不知道上面寫了甚麼，只知道將軍一直注視着我遠去的方向。我真的好痛好累，實在是有些撐不下去了，停在樹梢上休息。遠處的學堂裏，傳來琅琅的讀書聲：「烽火連三月，家書抵萬金。」那一刻，我毫不猶豫地振翅而飛，全然忘記了自己滲血的翅膀。

師父，求您了！

我們接下來要學甚麼作文功夫呀？請你們快點教我們吧！

好啦，告訴你就是了。去把你師弟、師妹也叫來，我們上課。

一炷香後

記敘文功夫，是作文派各大武功的基礎，所以練的是拳腳和兵器，很大眾化。

實用文功夫，則像一些箭術、暗器、奇門功夫，雖不常見，但偶爾還是會用到，若練得好，往往能劍走偏鋒，出奇制勝。這就像實用文在作文裏的地位和作用，專門應用於一些特殊情況。

你們看，弓箭這門功夫，練的是力道與準頭，每枝箭的體量不大，但勝在數量較多，可以連發數箭，破陣殺敵。

我們接下來要學習的這門功夫，卻比弓箭更加小、輕、險、快、奇。今天的這種文體，平日裏輕易不用，待到用時，才見功力。

甚麼文體是又小型又不常用的？

小可樂，你說對了！

甚麼文體我不知道，但若問甚麼東西比弓箭來得更險更小更快更奇，我猜一定是暗器！

在實用文中，相對較為簡潔的文體，就是書信。

它看似很簡單，也不太常寫，可它就像武術中的暗器，平日裏雖不常用，一旦用上，就要起到關鍵作用。所以，許多大作家的書信，都成為流傳後世的經典。我們今日要傳授的功夫，就叫做——「書信柳葉鏢」！

畫得很有神韻。

唰

沒事，是東寫師父發來的字條而已。上面寫着：「寫信是向親朋好友表達情感的一種方式。學會了寫信，可以更好地應用到自己的生活中。想學這招『書信柳葉鏢』嗎？山下鴿子屋見！── 東寫師父」

嚇死我了。

師父小心，有刺客！

三個徒弟隨即跟着西讀師父來到了作文派山下的一座茅屋。

這些可愛的小鴿子都是東寫師父您養的？

是的。你們知道我為甚麼要養鴿子嗎？

005

我知道！兩位師父一定是用「飛鴿傳書」的方式來給你們的朋友們送信。

說得不錯。在我們這個年代的作文江湖裏呀，有「鴻雁傳書」「飛鴿傳書」這些形式，其實我們中國的古人以前也經常用這些方式來送信。

啪！

……

從今日起，你們就在這兒練習這書信柳葉鏢吧！

特訓開始啦！

嗯！

師父呢？

祕笈點撥

　　書信是相對較為簡潔的實用文。在現代社會，書信雖不常用，但一旦用上，卻會起到關鍵作用。在我們日常的通訊方式裏，有一些書信的變體：

　　1. 微信、WhatsApp 等社交軟件

可實現即時交流。信息長短沒有嚴格限制，可以密集發送信息。

　　2. 手機短信

手機的功能之一，通過編輯文字傳遞信息。

　　3. 電子郵件

有一定格式，可以看作是電子版的書信。

用武之地

　　少俠，來作文派習武這麼久了，你一定想家了吧！快，拿起你的筆，給家裏的親人或朋友寫一封信，表達一下你對他們的感情吧！

請試寫一段「給某某人的一封信」，力求寫出真
情實感。

_____

_____

_____

_____

_____

_____

_____

_____

_____

_____

_____

_____

_____

_____

第五十八回

練好格式五指山

書信格式五大要素

開頭稱呼和問好，換行空格不可少。
正文之後敬祝語，落款日期要記牢。

　　書信，是文體大家庭裏大家爭相羨慕的對象。在古代，人們在寫書信時，稱謂、問好、祝語、署名、日期，缺一不可。不同的對象不同的用語，就連磨墨的方向和使用的墨水類型都要考慮。寫弔唁信的時候，磨墨的方向要和平時相反，墨色不可太深，代表因為過度悲傷，眼淚滴落硯台，而讓墨色變淡的意思；如果是絕交信，那可以在羊皮紙上用飽蘸了鐵膽墨水的羽毛筆寫成，這樣的書信，時間越久，顏色會越深，表示斷交的決絕。寫書信時，每一種格式都不可或缺，每一個細節都深思熟慮，似乎只有這樣的儀式感，才足以表達對收信人的重視。

三人留在山下這座養鴿子的茅屋裏，開始修煉這套名為「書信柳葉鏢」的作文功夫。

終於寫好給馬優大哥的信了。

自從上次一別，我對馬大哥甚是想念，我經常想起和您相識後的場景。您不但在丐幫時主動幫助我們去尋找萬花筒萬老幫主，還在武林大會時，和我們幾個人並肩作戰，對付烏龍教的「説明八陣圖」。馬大哥，您的身影至今還時常出現在我的腦海裏。不知您最近過得怎麼樣？和丐幫的兄弟們相處得都和睦嗎？希望您能盡快回信告訴我。

先拿給師父看看！

哈哈哈！

你應該慶幸，還好是為師我先看了你的這封信，若是真的寄給了馬優大哥，恐怕他也會笑話你啊！

師父，您就別笑了，這封信哪裏寫得不對？您快告訴我吧！

先不說信的內容，你的這封信，首先在格式上就有缺漏，雖然信中寫了「馬大哥」三個字，但是你沒有在開頭寫明是馬優，萬一被馬甲、馬乙、馬丙、馬丁給看了，那豈不是張冠李戴了嗎？

啊，我真糊塗，怎麼又把格式給忘了呢？

嗯，孺子可教也。寫信的時候，一定要把對收信人的稱呼寫在開頭。

如果是長輩，可以寫「尊敬的某某先生」「敬愛的某某老師」等。

如果是同輩或晚輩，那就寫「親愛的某某某」。

除此之外，在正文的第一段，你得先向對方問好。

第二點，既然知道開頭少了稱呼，那麼結尾……

我知道了，少了自己的落款署名！

你倒是會舉一反三。那麼，除了這三點以外，格式上是不是還差了些甚麼呢？

還有啊？

在書信的格式上，還有兩樣東西也不能少。一個是接在正文後頭的祝福語，一個是放在落款署名下方的寫信日期。

收信人稱呼
問候
正文
祝福語
署名
日期

日期照實寫，而祝福語，則要根據你寫信的對象的不同有所區別。對於師長，可以寫：敬祝，工作順利，生活愉快。

對於老人家，可以寫：恭祝，福如東海，壽比南山。

對於同學，可以寫：祝，學習進步，天天開心。

總而言之，這祝福語要寫得符合你們之間的關係，可千萬不能「馬屁拍在馬腿上」。

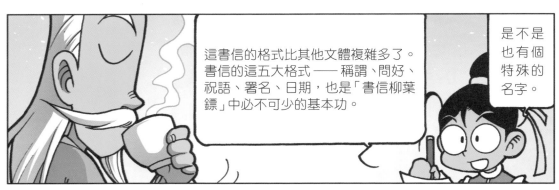

這書信的格式比其他文體複雜多了。書信的這五大格式 —— 稱謂、問好、祝語、署名、日期，也是「書信柳葉鏢」中必不可少的基本功。

是不是也有個特殊的名字。

你一隻手有幾根手指？

……

呃……

五……五根。

這套功夫,練的是暗器,而暗器,要靠五指發力。這書信的五大格式,兩個在頭,三個在尾,正如五指一般缺一不可,所以便被稱為「格式五指山」。

我明白了,我這就去練「格式五指山」,重寫這封信。

小可樂回到茅屋,勤練五指,揚手一鏢。

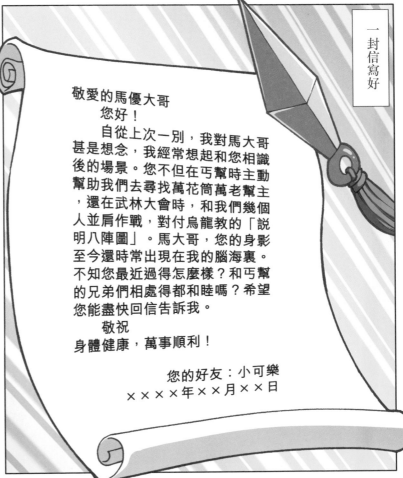

一封信寫好

敬愛的馬優大哥
您好!
自從上次一別,我對馬大哥甚是想念,我經常想起和您相識後的場景。您不但在丐幫時主動幫助我們去尋找萬花筒萬老幫主,還在武林大會時,和我們幾個人並肩作戰,對付烏龍教的「說明八陣圖」。馬大哥,您的身影至今還時常出現在我的腦海裏。不知您最近過得怎麼樣?和丐幫的兄弟們相處得都和睦嗎?希望您能盡快回信告訴我。
敬祝
身體健康,萬事順利!

您的好友:小可樂
××××年××月××日

祕笈點撥

書信作為一種特殊的實用文文體，要特別注意它的格式：

第一行頂格 —— 對收信人的稱呼

正文第一段 —— 對收信人的問候語（符合你們之間的關係才恰當）

正文的末尾 —— 對收信人的祝福語（根據收信人不同，有所區別）

信紙右下角 —— 落款署名

署名的下方 —— 寫信日期（寫實際日期）

收信人稱呼	敬愛的馬優大哥：
問候語	您好！
正文	自從上次一別，我對馬大哥甚是想念，我經常想起和您相識後的場景。您不但在丐幫時主動幫助我們去尋找萬花筒萬老幫主，還在武林大會時，和我們幾個人並肩作戰，對付烏龍教的「說明八陣圖」。馬大哥，您的身影至今還時常出現在我的腦海裏。不知您最近過得怎麼樣？和丐幫的兄弟們相處得都和睦嗎？希望您能儘快回信告訴我。
祝福語	敬祝 身體健康，萬事順利！
署名	您的好友：小可樂
日期	××××年××月××日

用武之地

少俠，想要練好「書信柳葉鏢」這門暗器功夫，就要先打好基礎，練成它的「格式五指山」！格式一定難不倒你的。

試寫一下書信的五大格式，注意將它們在信紙中的位置寫對。

_____

_____

_____

_____

_____

_____

_____

_____

_____

_____

_____

_____

第五十九回

直擊要害有來回

類別不同，套路相同

問候求教和感謝，類別分清莫越界。
書信功夫有套路，三大部分弄真切。

　　書信這種傳遞信息的方式，幾千年都沒有被淘汰，就是因為它有一種魔力。它好像一顆晶瑩的琥珀，凝結了時光和淚水。問候信、求教信、感謝信、道歉信、求職信，無論書信的類別有多少種，無論它們的內容有多麼千差萬別，它們都有着相同的格式，飽含相同的真摯情誼。所以，一通百通，「先問候——亮主題——盼回信」，這是大多數書信的骨架。有了這個骨架，我們才能夠在書信的世界裏自由穿梭。春有百花秋有月，夏有涼風冬有雪，在書信的一來一往間，日子就這樣過去了。

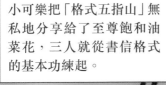

小可樂把「格式五指山」無私地分享給了至尊飽和油菜花，三人就從書信格式的基本功練起。

過了兩日，東寫、西讀兩位師父前來探班，想看看三個好徒兒練得怎麼樣了。

你們三個家伙，不好好練功，怎麼在這兒偷懶？

師父，我們已經把「格式五指山」練得滾瓜爛熟了，只是，剛才大家爭吵了一陣，最後實在太累了，所以就在這裏休息。

哦？你們為何爭吵啊？

我們在爭論寫信到底應該寫些甚麼。

說到寫信的內容，那我問問你們。我養的這些信鴿，是為了用「飛鴿傳書」來和四大門派的掌門人聯繫，那你們想寫信給誰呢？

我想給少林寫人派的如動、丐幫狀物派的馬優等幾位好朋友寫信，聊聊大家的近況，問問好。

我想給武當敘事派的包打聽寫一封信，因為他見多識廣，我想問問他，江湖上都有哪些美食。

我想給峨眉寫景派的華小仙寫一封信，感謝她上次幫我學習武功。

你們三個就因此事爭吵起來了？

嗯。

你們大可不必爭論。書信主要分為——問候信、求教信、感謝信等。

書信的內容，既可以是對多日不見的好友的問候，也可以是有事向朋友請教，還可以是對幫助過你的朋友表達感謝。

總而言之，書信就是用來和遠方的親友傳達信息、交流感情的一種實用文。

除此之外，還有慰問信、道歉信、交友信、求職信等各類信件，都應用在各種特定的情況中。所以，書信的內容並沒有那麼死板。只要寫信人能把自己想要跟收信人表達的事情寫清楚道明白，那就可以了。

這麼說，信可以隨便寫了？

不，你這樣說不準確。信的內容雖然可以不同，但寫信也有一個基本模式。就像一篇敘事的記敘文裏有起因、經過、結果一樣，書信裏，也可以將正文分為三個部分。

看好了，我只演示一遍。

第一部分，先問候。不管是甚麼信，大部分情況下都是寄給遠方的朋友。那麼，和朋友寒暄兩句，關心一下朋友的近況，或者回顧一下上次見面的情形，這些作為信的開場，是很有必要的。就像發暗器之前，要先蓄力，為後面的主題做好準備。

第二部分，亮主題。寒暄過後，接下來你就要把你要說的正事講出來，要讓對方明白你寫信給他的主要目的，無論是求教，還是感謝，都用具體、詳細的語言告訴他。這就像暗器發出，對準要害，直奔主題。

拔

？

擦

第三部分，盼回信。到了正文的結尾部分，我們最好要再一次表達對對方的思念和敬意，並且禮貌性地表示期待對方的回信。這叫做：有去有回。

就像扔出去的飛鏢，你還得記得撿回來。否則就成了肉包子打狗 —— 有去無回。那就太燒錢了。

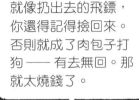

師父，您也太摳了吧。

討厭，小可樂，罰你不許吃晚飯！

祕笈點撥

　　書信的種類主要有——問候信、求教信、感謝信等。即使書信的種類不同，但都有一個基本模式。書信的正文可以分為三部分：

　　1. 先問候。

　　問候語通常簡單明瞭，表達自己友善的態度。對待長輩、同輩和晚輩，使用的問候語有所不同。「你好」「您好」是最常見的問候語。

　　2. 亮主題。

　　正文部分要寫清楚自己想說的話，是分享生活、表達情感，還是交代重要事宜⋯⋯

　　《傅雷家書》中，傅雷在正文部分開門見山，表達了自己對孩子的思念之情：「親愛的孩子，你走後第二天，就想寫信，怕你嫌煩，也就罷了。可是沒一天不想着你，每天清早六七點就醒，翻來覆去的睡不着，也説不出為甚麼。」

　　3. 盼回信。

　　正文寫完了，如果需要對方回覆，可以將自己的需求寫下來。最簡潔明瞭的表達就是「盼覆」。

用武之地

　　少俠，雖然我們是作文江湖，注重學習作文功夫，但理論知識也是必不可少的。只有分清了書信的類別，再明白其寫作的模式，你的作文功夫才能進步。

　　請試着給你遠方的朋友寫一封短信，注意正文三大部分的表達方式。

_____

_____

_____

_____

_____

_____

_____

_____

_____

_____

_____

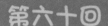

第六十回

驛使肖遙送信忙

寫明信封上的信息

寄信要裝信封裏，寫好地址等信息。
郵政編碼查準確，貼上郵票方可寄。

　　信封非常喜歡打扮，出門之前一定要收拾自己，而且一步都不能少。第一步，先化妝，她會把臉上的收件地址和收件人姓名最先化好。第二步，換衣裳，把寄件地址和寄件人姓名穿在身上，既方便收件人在未拆封之前看到是誰給他寫的信，又可以在信件未能成功寄出的時候方便退回。第三步，戴髮夾，郵政編碼是信件能否送達的重要信息，一定把郵政編碼核對清楚後，填在頭上的方框裏。最後，她又貼上了郵票，這樣，她就可以美美地去到目的地了。

三個小夥伴在鴿子屋裏勤練「書信柳葉鏢」，已寫出了不少信。

鴿子是兩位師父養的，我們又不會用，要怎麼把信寄出去呢？

我曾在山下的小鎮裏看到一間驛站，聽說裏面有專門負責送信的信使。

三人帶着信來到山下小鎮的驛站。

老闆，我們想寄信。

信使兄弟快出來吧，有活兒幹了。

來了！

肖遙送信，包您滿意。

作文三俠！

肖遙兄弟，你怎麼成信使啦？

景語師太為了讓我積累江湖經驗，准許我獨自下山闖蕩，可是我不小心把盤纏都花光了，只好在這裏打工賺錢，靠我的輕功幫忙跑跑腿、送送信，賺點外快。

肖遙兄作為身懷輕功絕技的武林高手，竟然跑到這驛站裏來送信，這不是「殺雞用牛刀──大材小用」了嗎？

這位少俠，話可不能這麼說，自從這位肖兄弟當了我們驛站的信使，我們可省了不少物流費呢！

你們要寄信？來來來，給我，我速速幫你們送去。

這封是……

把信交給我，你就放一百二十個心吧！

等等，你得先看清楚……

好嘞，沒問題！

這位肖遙大哥怎麼總是火急火燎的？

可是，我這封信就是寫給他的呀。

……

這封信，該寄去哪？我……我沒看到地址和收信人。

果然回來了。

肖少俠，你啥都好，腿腳也勤快，就是有時太過着急了。這封信連信封都沒有，不知收信地址和收信人，怎麼能寄得出去呢？

對哦，信，都要用信封裝着，在信封的外面得寫上收信地址、收信人，還要加上郵政編碼，否則這封信就寄不了！

還好我這封信的收信人遠在天邊，近在眼前，省了我買信封的錢了，可以去買燒餅了，哈哈。

原來是給我的信呀。

我這兒還有一封信，麻煩幫我寄出去吧。

那你要在信封上把郵政編碼、收信地址、收信人寫清楚。如果不是匿名信的話，最好在右下角寫上自己的地址和姓名！這樣，如果信沒寄到，還可以原路退回給你。

好。

123456

作文江湖少林寫人派羅漢堂

5 座 101 室

如動師父（收）

作文江湖作文派 2 號樓 202 室　小可樂

654321

這樣就好了嗎？

不，右上角還要貼上郵票。

銅板借我，我沒帶零錢。

啪

啊？我的燒餅……
哦不，我的銅板！

祕笈點撥

信寫好了，該怎麼寄出去呢？當然是裝進信封裏啦！信封上的內容可要寫清楚：

收信地址

收信人

郵政編碼

寄件人的地址和姓名

收信人郵政編碼

收信地址

收信人

寄件人地址和姓名

寄件人郵政編碼

用武之地

少俠，我們不但要學會寫信，還要學會寄信哦。準備好信封、郵票，查好你通信地點的郵編。寫了這麼多封信，讓我們去郵筒或者郵局那兒寄一次

信吧！

　　請寄出一封信，並記錄這次寄信的經過和感受。

_____

_____

_____

_____

_____

_____

_____

_____

_____

_____

_____

_____

_____

_____

_____

_____

第六十一回

揮起快刀斬亂麻

單刀直入，切入主題

演講開頭就怕亂，東拉西扯說大段。
單刀直入切主題，一個事例就足夠。

在演講王國的密室裏，藏着一個水晶盒，盒子裏面放着一個足以統領王國的演講錦囊。演講王國的每一個人都很好奇，這個錦囊裏裝的到底是甚麼？於是，他們搭了一個演講大擂台，約定讓最終的獲勝者把錦囊打開，一探究竟。大家對錦囊裏的內容有過無數的猜想，但是從未想過，上面只寫了兩個字：直接。是啊，直接的語言才是最有力的，那種力量是直擊人心的。所以，演講的時候，可以直接切入主題，單刀直入。

為了讓作文江湖的少年英雄們切磋演講稿的寫作功夫，東寫、西讀兩位師父決定在華山召開首屆「華山論劍」杯演講擂台賽。

為了避嫌，我們倆就不去了。這一次的擂台賽，比的可是「實用文功夫」裏的演講功夫。

這一套《演講寶典》就交給你們帶在路上看。好了，去吧，一路順風！

謝謝師父！

華山之巔，風光秀麗，參加擂台賽的各路人士聚集在此地。

上次並肩作戰的英雄好漢全都來了，三人在人羣中寒暄，忙得不亦樂乎。

各位大俠好！首屆「華山論劍」杯演講擂台賽馬上就要開始了！

請大家保持安靜。

將手機調至靜音狀態……

咦?這句話是甚麼意思?

又是調皮的小可樂給我亂加的詞。

我們的擂台將以雙人對戰的形式進行,台下哪位大俠準備好了?請上台一比高低吧!

我來打頭陣!

加油,包子!

包子,加油!

包子?聽得我都餓了,哈哈哈!

哼!

唰

你若贏了我,我就告訴你!

閣下是何方英雄,請報上名來。

開戰了，台下的觀眾們異常地興奮，不停地拍手叫好。

黑衣人的拳越來越亂，包打聽疲於應付，慢慢地陷入了被動。

黑衣人的拳又急又多，包打聽規規矩矩地打着「敘事長拳」的套路，一板一眼。

拳風中，一篇包打聽用功力寫出來的演講稿，本來規規整整，主題鮮明，卻被對方打得亂七八糟。

大家好，我是包打聽，今天天氣真不錯啊！我早上吃了五個包子，「包子」也是我的綽號。你們吃過早飯了嗎？演講可是一門學問，學問就是學了就要問，不問白不問，問了也白問，那到底是問不問呢？你們別問我呀……

糟了！這人是「亂天王」！他想用「亂武學」讓包打聽走火入魔！

果然是他！剛才那一招是「亂七八糟拳」，這一招是「東拉西扯手」，又換了一招「離題萬里掌」。

大師兄，你快想想辦法，幫幫「包子」吧！

我看一下師父給的《演講寶典》。

演講寶典

034

祕笈點撥

演講稿也是實用文的一種，最注重實際操作時的效果。演講的開頭，要單刀直入，最多用一個事例，快速切入主題。

用武之地

少俠，胡寫教的亂天王其實還沒走，他還在偷偷用「亂武學」暗算到場的英雄。身為正義的化身，你豈能坐視不理？快來打跑亂天王吧！

請試着寫一段演講稿的開頭，要求用一個生動的事例直接切入主題。

_____

_____

_____

_____

_____

_____

_____

第六十二回

畫龍點睛滿天星

趣味點不宜多，直點題是王道

任你暗器滿天星，不如畫龍一點睛。
滿天花雨紛紛亂，喧賓奪主失重心。

你有沒有想過，為甚麼人們都習慣叫「番茄炒雞蛋」而不是「雞蛋炒番茄」？為甚麼不把「青椒炒肉」叫做「肉炒青椒」？即使是一道菜的稱呼，也是有主次的。「番茄炒雞蛋」中，雞蛋是主食材，「青椒炒肉」中，肉是主食材，按照中文的用語習慣，應該放在後面。演講也是這樣，有趣的點只是點綴，把自己的主要觀點表達清楚，才是最重要的，千萬不能喧賓奪主、本末倒置。

小可樂救場趕走亂天王之後，比武繼續進行。

各門各派的少俠們紛紛上台，一展身手。

隨着擂主一個接一個地更換，比武已然進入白熱化階段。

現在站在擂台上的擂主，是來自峨眉寫景派的唐三百，他已經連勝七場。

還有誰要上台來挑戰唐少俠？

唐三百的演講功夫叫做「滿天星」，這是一門暗器功夫。在演講的過程中，他加入了很多趣味點，有的是小故事，有的是小段子，聽眾一直被他的演講所吸引，始終保持着興奮。這門功夫確實不賴，我想上去挑戰一下。

我來挑戰！

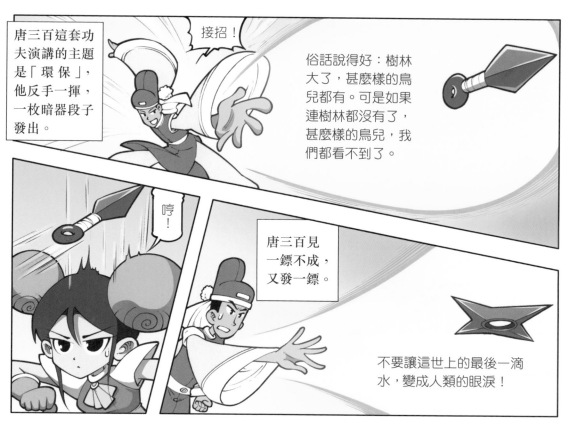

唐三百這套功夫演講的主題是「環保」，他反手一揮，一枚暗器段子發出。

接招！

俗話說得好：樹林大了，甚麼樣的鳥兒都有。可是如果連樹林都沒有了，甚麼樣的鳥兒，我們都看不到了。

哼！

唐三百見一鏢不成，又發一鏢。

不要讓這世上的最後一滴水，變成人類的眼淚！

華小仙用手中鐵筆從容不迫地破解唐三百的飛鏢。

鐵筆直擊唐三百的雙目，華小仙的演講稿顯現出來。

地球，是人類的家園；環保，是我們的義務。若連我們自己都不愛護自己的家園，那又要靠誰呢？保護環境，人人有責！善待地球母親，就是善待我們自己，善待我們的子孫後代！

輕鬆學作文

這一擊衝擊巨大，唐三百跌落擂台，宣告比武失敗。

唐師兄，你的唐門暗器是演講中的趣點，本來就不宜過多過密，就像一塊蛋糕上的櫻桃，一兩顆，那是點綴，如果全都是櫻桃，那美感就蕩然無存啦！

所以，這暗器啊，還是少發點為妙。而我這招「畫龍點睛筆」，貴精不貴多，能夠凝練出巨大的力量，一招克敵！

小仙的「畫龍點睛筆」之所以能勝過唐三百的「暗器滿天星」，原因就在於畫龍點睛，恰到好處。

而「滿天星」看似漫天花雨，卻忘記了趣點只能在演講中錦上添花，點綴太多，就喧賓奪主了。

是啊，《演講寶典》也是這麼說的。

祕笈點撥

為了持續吸引聽眾注意力，很多人會在演講稿裏加入設計好的趣味點，比如小故事、小幽默、小笑話……添加趣味點有甚麼竅門嗎？

1. 趣味點不宜過多過密。

趣味點像個調味品，可以給我們演講稿增添情趣。但是，如果加得太多，就會破壞演講稿的嚴肅性，也可能會模糊重點。

2. 在演講稿結尾畫龍點睛。

在演講稿結尾增加一個趣味點，會讓人有眼前一亮的感覺。

用武之地

少俠，作為在台下觀戰的選手，你是比較喜歡花哨的「暗器滿天星」，還是喜歡實用的「畫龍點睛筆」？不管怎樣，這可都是《演講寶典》裏記載的武學啊！讓我們一起來切磋切磋吧！

請試寫一段演講稿片段，並嘗試着在結尾處畫龍點睛。

第六十三回

山呼海嘯獅子吼

收放自如的氣勢才最強

山呼海嘯獅子吼，氣勢如虹全憑口。
變化無常才出彩，空喊口號易氣竭。

　　你知道甚麼時候的雷聲最嚇人嗎？對，就是半夜的驚雷，它有着不可一世的氣勢。氣勢，其實是在對比和變化中產生的——夜的寂靜，讓雷聲顯得愈發響亮。沒有對比，就沒有突顯；沒有變化，就沒有重點。這也是為甚麼同樣高的山，在平原中會比在高原中看起來更高。因為有了平原的鋪墊和對比，山的高度就被襯托出來了。所以，演講當中，有收有放、收放自如的氣勢，才是最有威力的。

042

華小仙戰勝唐三百成為擂主，少林的如動師父跳上擂台，和她切磋功夫。

佛門獅子吼

哈白！

華小仙被吼了個出其不意，她被震下擂台，只能認輸。

真是人外有人，天外有天！

果然一山更比一山高啊！

至尊飽，你還記得武林大會那天嗎？「說明八陣圖」的陣中迷霧重重，你用一招「大海無量」吹氣功夫將迷霧吹散，所以你的肺活量是很不錯的。

如動師父之所以能一招擊敗華小仙，靠的是這種霸道的氣勢，你的作文功夫也一向注重氣勢，我看可以一戰！

上吧！阿飽師兄，我看好你哦！

我來挑戰。

請。

啊嗚……

咕……

口昌！

如動師父突然開口，吼出一篇《愛我中華》。

天下興亡，匹夫有責！巍巍中華，泱泱華夏！作為新時代的接班人，我們有義務將祖國的未來發揚光大！雖然現在是和平年代，卻也處處是沒有硝煙的戰場！如今世界各國競爭的是科技，想要國家強大，首先就要科技強大！我們要科教興國，要教育強國！而這一重任，就落在了我們新時期的少年肩上！讓我們共同努力，為祖國的繁榮富強奮鬥……

如動師父一聲厲喝，聲如洪鐘，至尊飽運氣大吼，好似驚雷。

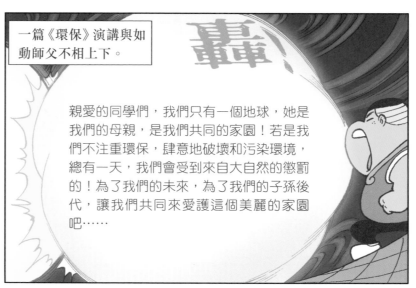

一篇《環保》演講與如動師父不相上下。

親愛的同學們，我們只有一個地球，她是我們的母親，是我們共同的家園！若是我們不注重環保，肆意地破壞和污染環境，總有一天，我們會受到來自大自然的懲罰的！為了我們的未來，為了我們的子孫後代，讓我們共同來愛護這個美麗的家園吧……

嗯，氣勢有餘，但還是少了點甚麼。

文章，尤其是演講稿，是很注重氣勢的。可惜他們倆現在有其形，卻未得其神！

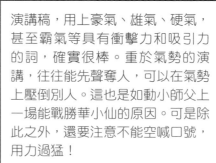

請兩位道長明示。

其實，在你師父所著的《演講寶典》裏早有記載。

演講稿，用上豪氣、雄氣、硬氣，甚至霸氣等具有衝擊力和吸引力的詞，確實很棒。重於氣勢的演講，往往能先聲奪人，可以在氣勢上壓倒別人。這也是如動小師父上一場能戰勝華小仙的原因。可是除此之外，還要注意不能空喊口號，用力過猛！

甚麼是氣勢？《現代漢語詞典》的解釋是：人或事物表現出的力量和形勢。俗話說，氣勢如注，氣勢如虹。也就是講，文章的氣勢猶如萬丈瀑布，飛流直下，令空谷作響，又好像長虹貫日，輝映碧空。

我平日裏看水觀海，有山澗小溪，款款而下；有大流入海，汪洋恣意；有暗流潛湧，娓娓道來；有怒波狂濤，攝人魂魄。氣勢也要像山海一般，變化無常！

話音剛落，台上兩位年輕人果然漸漸氣竭。

山海兩位道長合力使出一聲「山呼海嘯獅子吼」，氣勢之中夾雜變化，技驚四座。

秘笈點撥

演講稿很注重氣勢，因為重於氣勢的演講往往能先聲奪人，在氣勢上壓倒別人。要做到這樣，有以下兩個注意點：

1. 善於運用排比

演講稿中，整齊的排比句式可以增強氣勢。

梁啟超在《少年中國説》中，就用了大量排比來增強氣勢：「少年智則國智，少年富則國富；少年強則國強，少年獨立則國獨立；少年自由則國自由；少年進步則國進步；少年勝於歐洲，則國勝於歐洲；少年雄於地球，則國雄於地球。」

2. 不能空喊口號

需要注意的是，演講稿要言之有物，不能為了氣勢而空喊口號。梁啟超在《少年中國説》裏的觀點，有理有據，所以擲地有聲——少年是國家的未來，所以少年強則國強。

| 用武之地 |

少俠，山海二老的「山呼海嘯獅子吼」可是演講台上的一大利器。怎樣將演講稿寫出氣勢來，也是我們需要不斷去摸索和嘗試的東西。

試着寫一段慷慨激昂的演講稿，同時注意讓人感受到氣勢富有一定的變化。

第六十四回

餘音繞樑久不絕

真情實感，以柔克剛

真情實感入心房，這種演講屬最強。
此招以柔來克剛，餘音嫋嫋仍繞樑。

　　世界上有一種既柔軟又堅硬的東西，你知道是甚麼嗎？沒錯，就是水。「天下之至柔，馳騁天下之至堅」，小小的水滴凝聚成水流，既能在廣袤的大地上流淌，沐浴眾生，滋潤萬物，又可以在溝壑間盤繞，開山破石，悄然有萬鈞之勢。所以，你看，能夠擊開頑石的，不一定是驚雷，在演講中能夠打動人心的，不一定是驚天動地的吶喊。發自內心的真情實感，也許才能觸及到聽眾的內心深處，以柔克剛，不失為演講中的絕殺技。

至尊飽和如動小師父最終力竭，兩人算是打了個平手，各自下台休息去了。

大家繼續比武，各大門派的英雄紛紛上台，你來我往，各展其才。

最後，依靠《演講寶典》的幫助，決戰在小可樂和油菜花這對作文派同門師兄妹之間展開。

小師妹，雖然我們是同門，但大師兄我是不會讓你的！

雖然我是小師妹，但大師兄你也未必能贏得了我哦！

哇，火藥味好濃啊！你們都好棒！小可樂加油！油菜花也加油！

……

好！我宣佈這場決定冠軍歸屬的決戰，現在正式開始！

決戰

加油

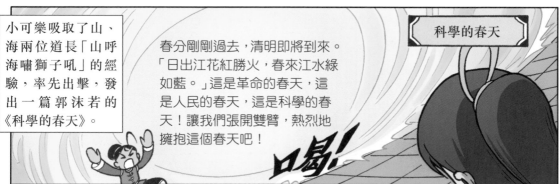

小可樂吸取了山、海兩位道長「山呼海嘯獅子吼」的經驗，率先出擊，發出一篇郭沫若的《科學的春天》。

春分剛剛過去，清明即將到來。「日出江花紅勝火，春來江水綠如藍。」這是革命的春天，這是人民的春天，這是科學的春天！讓我們張開雙臂，熱烈地擁抱這個春天吧！

科學的春天

口曷！

油菜花的手中不知何時多了一張古琴，她端坐下來。

原來是「歲寒三友」中的梅長老將古琴借給了油菜花。

油菜花琴聲中夾雜着功力，彈出仙音與小可樂對抗。

唰一

丁噹

台下觀眾的眼前彷彿出現了那些美妙的畫面，徹底掉進了油菜花用琴聲營造的意境中！

選取生命的珍寶

落落餘暉，我捧一縷最暖的；
盈盈月光，我鞠一捧最清的；
灼灼紅葉，我取一片最熱的……

大師兄的氣勢很強，而小師妹的招式，看起來柔弱，卻能以柔克剛，後來者居上，這是怎麼回事？

你有沒有發現，他們用的都是同樣的修辭手法？

我發現了，都是排比。

不錯，正是排比。演講稿中，經常會用到排比這種修辭手法，因為排比可以讓文章的節奏感更強，條理性更好，所以特別適合用在演講之中，有利於我們表達出強烈的情感，再進而感染他人。可是，他們倆用的排比，卻是截然相反的兩種。

大師兄的排比陽剛高亢，很重氣勢；油菜花的排比則生動優美，很有韻味。他們倆是一剛一柔。

剛的激情似火，能夠瞬間點燃大家的熱情。柔的溫情似水，反而能以柔克剛，將百煉鋼化作繞指柔。

小可樂的額頭滲出汗珠。

嗡!!

其實，演講的祕笈，早在唐代著名大詩人白居易的《琵琶行》中就已經寫盡了：「大弦嘈嘈如急雨，小弦切切如私語。嘈嘈切切錯雜彈，大珠小珠落玉盤。」

你看，琵琶女彈奏琵琶時，有抑揚頓挫、輕重緩急、如泣如訴，帶着真情去演奏，其間既有如小溪泉流般的溫情傾訴，又有暴風驟雨式的強烈抒發，這是彈奏藝術的最高境界，其實也是演講的最高境界！

果然，如梅長老所言，沒過多久，小可樂終究還是棋差一着，輸給了油菜花。

油菜花那富有韻律美的琴聲雖止，卻還是餘音繞樑，三日不絕，縈繞在大家的耳畔與心頭。

演講寶典

祕笈點撥

演講稿中，溫柔的情感有獨特的魅力，它像水一般，能夠以柔克剛。怎樣才能最大發揮它的優點呢？

1. 表達真情實感。

真情實感的表達能引起聽者的思考與共情。

蔡元培的演講《對於學生的希望》體現了他對學生從學習到生活的關懷，面面俱到，情真意切。

「吾國辦學二十年，猶是從前的科舉思想，熬上幾個年頭，得到文憑一紙，實是從前學生的普通目的。自己的成績好不好，畢業後中用不中用，一概不問。平日荒嬉既多，一臨考試，或抄襲課本，或打聽題目，或請劃範圍，目的只圖敷衍，騙到一張證書而已，全不打算自己要做一個甚麼樣的人，自己和人類社會有何關係。」

2. 溫情娓娓傾訴。

在很多情況下，演講者對於他人的關愛，如果用溫柔的語氣娓娓道來，比疾言厲色更容易讓人接受。

蔡元培在《對於學生的希望》中，就以溫和的語氣提出了建議，在娓娓傾訴中表達了自己對學生的關心。

「大家看看文學書，唱唱詩歌，也可以悅性怡情。單獨沒有興會，總要有幾個人以上共同享樂，學校中要常有此種娛樂的組織。有此種組織，感情可以調和，同學間不好的意見和爭執，也要少些了。人是感情的動物，感情要好好涵養之，使活潑而得生趣。」

用武之地

少俠，演講的最高境界，其實就是以柔克剛，用上真情實感，引起讀者和聽眾的共鳴，要比單用激情去感染他們來得更有效。

試着寫出一段用真情實感引起讀者和聽眾的共鳴的演講片段。

_____

_____

_____

_____

_____

_____

讀後感篇

第六十五回

修煉內功學吐納

多讀書，學會吐故納新

生平怕寫讀後感，先讀再感不算晚。
走火入魔急又亂，吐故納新方好漢。

　　「小溪，為甚麼你每天都那麼乾淨？」潭水實在受不了滿身臭氣的自己了，忍不住向清澈見底的小溪請教。小溪聽了，發出爽朗的笑聲：「因為我每天都在流動啊！」潭水一看，果然，溪水不斷地朝着山下奔跑，清澈的水流讓岸邊的花草樹木越發青翠，大家都非常喜歡小溪。它又問：「你是怎麼做到每天都能給大家輸出養分的？」小溪笑而不語，指了指山上不斷湧出水流的源頭。潭水頓時想到了南宋詩人朱熹在《觀書有感》中曾作的詩句：「問渠那得清如許？為有源頭活水來。」原來，想要有源源不斷的積累，就得從源頭上下功夫，堅持讀書，不斷地汲取新的知識。

最終，油菜花獲得了首屆「華山論劍杯」演講擂台賽的冠軍，小可樂獲得了亞軍，而至尊飽和如動師父打了個平手，並列第三。

作文派的三位少俠包攬了前三名，東寫、西讀兩位師父很是欣慰。

你們已經研習了《書信柳葉鏢》《演講寶典》等祕笈，現在對實用文功夫有甚麼領悟呀？

書信、演講稿，這些實用文雖然不如記敘文常見，但還是非常實用，因此應該重視。

就像師父說的，這些文體雖然沒有拳腳刀劍等基礎功夫，但學會暗器、飛鏢、魔音這些奇門招式，也能增強自己的實力。

不錯，你們都說得很對。今天開始，我們可以把《作文神功》裏最厲害的一招教給你們了！

甚麼！最厲害的一招？

你們倆倒是說得快，把我想講的話都搶了。

不錯，這套功夫是我和你們西讀師父合創的！

喂，沒那麼誇張吧。

兩位師父合創的功夫，那豈不是威力倍增？

東寫師父重於寫，西讀師父重於讀，二人合創的功夫，肯定就是結合了讀與寫的一類實用文，而結合了讀和寫的文體，那不就是——

讀。

後。

感。

哈哈，好徒兒，你們猜對啦！

……

怎麼啦？能學到我們兩位師父合創的《讀後感真經》，那可是莫大的福氣啊！你們怎麼好像很不樂意？

我們不是不樂意，只是當初我們在學校的時候就對這種文體又愛又恨。很多人寫讀後感都是大段地抄梗概和節選段落，應付了事。大熊老師說這一類文章全部不合格。

我們頓時就頭疼了，實在不知該怎麼寫。

其實很簡單。你們這些小朋友只不過都犯了一個同樣的錯誤：那根本不是寫讀後感，只是在摘抄筆記而已。

哈

不錯！讀後感，第一個字就是讀，要先讀，後感。若沒有真正去讀，怎麼會有感悟？既無讀，也無感，你們說，這寫的還能算是讀後感嗎？

有道理！

是呀！

因此，要學習這一套《讀後感真經》，必須要先搞清楚一點：寫好讀後感的前提一定是讀熟文章。如果沒有讀懂就去動筆，就像一個人沒有修煉好內功就貿然上陣去殺敵，那是必敗無疑的。如果沒有理解透徹，只是一知半解，就嘗試寫讀後感，那麼也會像個只有半吊子功力的人非要強行運功發力，那是一定會走火入魔的。

走火入魔！好可怕！

好啦，為了能夠讓你們更好地修煉《讀後感真經》，我們已經決定了。

從現在開始，你們必須每天在「多讀軒」裏讀書！

啊？不會吧！那豈不是都不能下山去玩了？這和禁足有甚麼區別？

多讀

那些書我大多都讀過了呀？還要再讀一遍嗎？

古人云：書讀百遍，其義自見。越是要想寫好讀後感，就越要多讀，不厭其煩地讀。因為你每讀一次，都會有新的發現。

讀書是在修煉內功，而反覆地讀、一再地讀，就相當於運轉真氣，學習吐納。何為吐納？吐故納新也！只有不斷地溫故而知新，你的內功才會越來越深厚。

如果內功不夠，強行動筆運功，那一定會……

走火入魔嘛！

祕笈點撥

大段抄梗概和節選段落，根本不是寫讀後感，是摘抄筆記。讀後感，第一個字就是讀，要先讀，後感。寫好讀後感的前提是讀熟文章，熟讀才能有深刻感受。

1. 書讀百遍，其義自見。

蘇洵兒時貪玩，27 歲才開始發奮讀書。他廢寢忘食讀書進修，最後成了著名的文學家。

2. 變換視角，吐故納新。

當你嘗試以不同視角去讀同一本書，才會有新的啟發，才能常讀常新。比如讀《草船借箭》，你可以關注故事情節，看諸葛亮「巧借東風」，神機妙算；也可以關注人物刻畫，知周瑜語言激將，心懷陰謀；還可以關注環境描寫，捕捉「大霧」這一伏筆，看它如何推動故事發展。

綜上，要想寫好讀後感，就要不厭其煩地多讀、熟讀。反覆讀一本書，切換不同視角，不斷吐故納新，你的感受會更加深刻，也會有更多新發現，寫的讀後感自然也會更加精彩。

| 用武之地 |

少俠，《讀後感真經》是一部注重「先讀後感」的內功心法。想要修煉內功，宜靜不宜動，沉下心來好好地去讀一本書，修煉一下吐納和內功吧！

請你用心讀完一本書，再用一兩句話試寫一下你的讀書感受。

_____

_____

_____

_____

_____

_____

_____

_____

_____

_____

_____

_____

_____

_____

第六十六回

吸星大法莫貪多

吸取精華，刪繁就簡

> 讀書要把書讀薄，吸星大法是法寶。
> 吸取精華為王道，細枝末節不可要。

很久很久以前，一個小男孩得了一種怪病，每天都需要吃十種水果，每種一公斤，否則渾身就會長滿斑點，奇癢無比。可是，即使再愛吃水果的人，每天吃十公斤水果，也堅持不了幾天，所以，他非常苦惱。直到有一天，他看到小鳥在啄食樹上的果子，因為果子實在太大了，無法銜走，小鳥就只是把果肉中的汁水吸食乾淨了。他才明白，把所有水果合併起來，榨成汁，這樣既可以保留精華，治療疾病，又能解決數量過多的問題，簡直就是一舉兩得。讀書也如此，書中的所有內容並非都是你所需要的，學會吸取精華，刪繁就簡，是一種明智之舉。

進入「多讀軒」讀書的第三天。

啊，實在坐不住啦！

正好師父不在，咱們出去玩會兒吧。

自由的空氣耶！

吸一下這些兵器試試。

哇，好神奇！

哼！男生就是幼稚。

過了一會兒

呃，有點餓了……

去廚房找點吃的吧。

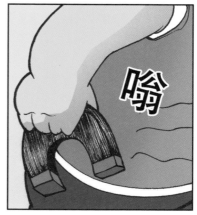

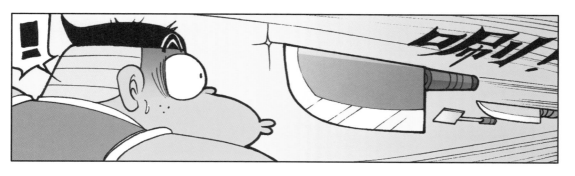

怎麼回事？

好啊！不但沒有認真讀書，還玩磁鐵！廚房這柄渾鐵菜刀是極鋒利的，差點就把你的小腦袋削沒了！知道嗎！

小可樂，你也給我過來！

西讀師父罰小可樂和至尊飽紮馬步，聽他訓話。

叫你們去讀書修煉內功，你們倒好，玩起了磁鐵……

東寫師父。

師弟，讓我來管教徒兒吧。

好，交給你了。

不過，話說回來，這磁鐵的吸鐵屬性倒也和《讀後感真經》有那麼點關係。《讀後感真經》中，有一招「吸星大法」，和這磁鐵倒是有異曲同工之妙。

師父，我們知道錯了，您就大發慈悲饒了我們吧！我們想學這招「吸星大法」。

是啊，求求您了師父！

那不就是「故事梗概」和「主要內容」嗎？

所謂「吸星大法」，就是吸取精華的意思。在讀後感的寫作中，最開始一定要將一本書的內容進行歸納和提煉，做一個簡單的概括，給讀者介紹一下你所看的這本書主要講了甚麼，那麼這就需要用到「吸星大法」了。你們可別小看這「吸星大法」，它一點兒也不簡單。

不錯，但那都是別人總結和歸納的。如果照搬到自己的文章裏，那就是拾人牙慧，撿別人剩下的東西。那樣多不好啊！所以，概括一本書或一篇文章的內容，一定要親自歸納。

「吸星大法」要吸的一定是精華，一定是文章最主要的內容。如果把那些無關緊要的枝葉和細節都添加進來，那麼就顯得太臃腫了。

我明白了。這就像磁鐵一樣，只吸鐵和特定金屬製品。如果甚麼都吸，那甚麼亂七八糟的東西都會加進來，就無法精簡了。

哈哈哈，悟性不錯！既然是精華，就不可過多。好了，教完了，你們繼續紮馬步吧！

啊？

祕笈點撥

　　寫讀後感，最開始一定要將所讀書的內容進行歸納和提煉，做一個簡單的概括，給讀者介紹一下你所看的這本書講的是甚麼。這裏需要用到概括三部曲：

　　1. 拎重點，歸納主要故事。

　　集中梳理整本書中最為主要的故事情節，做到言簡意賅。比如，讀《魯賓遜漂流記》，就可以用列舉小標題的方法，歸納為以下幾點：流落荒島、建房定居、馴養培育、救「星期五」、回到英國。

　　2. 削枝葉，留取精華內容。

　　去掉無關緊要的細節，文章不臃腫。比如，魯賓遜解救「星期五」的整個過程驚心動魄，可如果把細節都放在內容概括中，就會特別囉唆。為了避免這一情況，我們可以把這一段簡單概括為：魯賓遜發現野人殘害同胞，於是冒險救下「星期五」。

　　3. 巧串聯，整合所有故事。

　　用自己的話，將幾個小標題根據故事的發展順序串在一起，形成對文章的主要概括。

　　以《魯賓遜漂流記》為例，我們可以概括為：魯

賓遜遭遇海難而流落荒島，選址定居後，為了生存而馴養山羊、種收小麥。後來，他在巧合之下解救了「星期五」並和他成為朋友。最後，他因為救下船長而回到英國。

用武之地

少俠，這一招「吸星大法」要是學好了，可以說是天下諸般內功（書籍）都可以為你所用（提煉、概括、吸收）了！

請試着用一段話來簡單地概括一下你最近讀的一本書。

_____

_____

_____

_____

_____

_____

_____

_____

第六十七回

乾坤一指點要害

尋找獨一無二的感悟點

> 周身穴道和百骸，乾坤一指點要害。
> 冥思苦想感悟點，百會湧泉或氣海。

　　萬金油曾經是藥品王國最受歡迎的「紅人」。被蚊蟲叮咬了，找他；被火燙了一下手指，找他；傷風頭痛了，還是找他。頭痛醫頭，腳痛醫腳，總之他甚麼都能醫，就是甚麼都不能完全醫好，治標不治本。久而久之，人們把他的名字當作了一個貶義詞，用來說一個人沒有一技之長，甚麼都可以做，但又不夠精通。他開始陷入了自我懷疑：一定是我沒有自己獨一無二的地方，所以才受到了大家的嘲諷。其實，他忘記了，他最大的獨特之處，就是「萬能」。同樣的，寫讀後感的時候，也許你的視角和大家的不一樣，不要急着否定自己，要知道它是獨一無二的。

磁鐵風波後，小可樂、至尊飽終於安分下來，開始和油菜花一起好好讀書，修煉內功。

果然用功多了。

師父們好。

前幾天，你們已經學過了「吸星大法」，知道了讀書要吸取文中的精華，並學會了精準地概括文章的主要內容。

今天在這一招的基礎上，我們終於可以再學一招進階功夫——「乾坤一指」！

乾坤一指，哇！

這其實是一門點穴的功夫。所以，我們今天給你們帶來了一張穴道圖。

點穴呀，就是傳說中可以把敵人給定住的神奇武功！嘿！看我的「點穴手」！

……

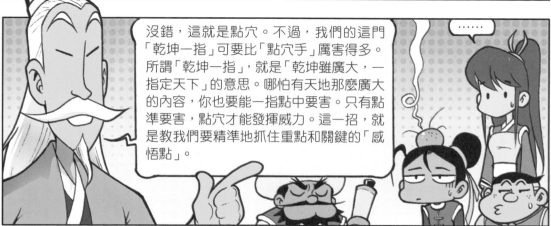

沒錯，這就是點穴。不過，我們的這門「乾坤一指」可要比「點穴手」厲害得多。所謂「乾坤一指」，就是「乾坤雖廣大，一指定天下」的意思。哪怕有天地那麼廣大的內容，你也要能一指點中要害。只有點準要害，點穴才能發揮威力。這一招，就是教我們要精準地抓住重點和關鍵的「感悟點」。

……

不錯！這張穴道圖就交給你們練功用了。記住，點穴一定要快、準、狠！要學會在一篇文章裏迅速地點中最核心的感悟點。好好修煉吧！

多謝師父。

原來如此，難怪師父說，這招要以「吸星大法」為內功基礎。因為兩招的道理是相通的呀。

於是，三位小夥伴就在人體穴道圖前勤奮地練起功來。

小可樂想起了《生命，生命》這一篇課文。他先用「吸星大法」把文章的主要內容概括出來。

作者杏林子通過生活中的三件小事明白了生命的意義：

飛蛾掙扎求生。

磚縫中的香瓜子衝破外殼生長。

我靜聽自己的心跳。

練來練去都是「三指」，力度也不行，怎麼回事呢？

點穴這門功夫，重要的就是找點。一篇文章可以引發感悟的點有很多，可你不能每個點全都點過去。每次點穴時，你必須抓住最要害的那一點。

你看，你想點頭頂的百會穴，一定是覺得開頭的事例很好，令你有感悟；又想點腳底的湧泉穴，肯定是認為結尾的事例不錯，也發人深省；還想點臍下的氣海穴，說明文章過程中的事例也啟發了你的思考。

在這種情況下，你要學會「三指化一指」，將力量集中於一點，點中要害。

師父好厲害！

好燙好燙！

……

抓住感悟點就如同找穴位一樣，每次只要集中於其中一點，點中要害，就能發揮出「乾坤一指」的真正威力。你再仔細想一想，其實這篇《生命，生命》的三個事例，講的是不是同一個意思？找到那個最關鍵的感悟點，然後點中它！

嗯

得到了兩位師父的指點，小可樂閉上雙眼，靜下心來，用「吸星大法」反覆閱讀這篇課文。

這些都是在告訴我們，生命是自己的，我們可以讓它變得有價值！

唰！

中！

砰！

我練成了，哈哈哈！

哇！

別跑啊，至尊飽，快讓我點一下！

啊！我不要啊！

祕笈點撥

寫讀後感，找準感悟點很關鍵。一篇文章或一本書可以引發感悟的點有很多，不能每個點全都關注過去，要學會找出關鍵點，將力量都集中於一點。你可以按照以下思路進行寫作：

1. 列舉感悟點。

把一篇文章或一本書的感悟點羅列出來，做到心中有數。讀《守株待兔》的感悟點就有很多，不妨先列舉：我們不能像兔子一樣，遇事急匆匆，慌亂之中致自己於險境；也不能學農夫心存僥倖，一心想不勞而獲，不務正業導致惡果；我們遇事要懂得變通，不能死守經驗。

2. 找準關鍵點。

找到那個最關鍵的感悟點，然後選中它，再去感悟體會。在眾多感悟點中，我們可以選擇讓你深有感觸、大眾所熟知、最容易結合實際的一點進行深入描寫。因此，在寫《守株待兔》的讀後感時，我們可以選擇大家熟悉的「不勞而獲」作為關鍵點。

3. 一點寫深入。

寫感受就像是在深挖一口井，可以從啟發、講述

道理、聯繫實際等角度出發，圍繞關鍵點寫深、寫透。比如，在寫《守株待兔》的讀後感時，你可以寫：我們做事決不能想着不勞而獲，而是要付出努力，不能等着天上掉餡餅。這不禁讓我聯想到自己的練琴態度，平時總是說自己太忙，沒有按照老師的要求每天練琴，而是寄希望於考前集訓。結果集訓一週，也沒有順利過關。以後我還是踏踏實實勤學苦練吧！

用武之地

哇！少俠練的這一招「乾坤一指」可真好，果然指指戳中敵人要害。你是怎麼做到的？為甚麼感悟點選擇得這麼好？快教教大家吧！

請試寫一段閱讀感悟，注意要提煉感悟點。

_____

_____

_____

_____

_____

第六十八回

管中窺豹見一班

鴻篇鉅製，只取精華一瓢

鴻篇鉅製內容多，管中窺豹莫囉唆。
小處着眼抓人物，感悟深刻把書說。

《山海經》一書中記載：「崑崙之北有水，其力不能勝芥，故名弱水。」這句話的意思是說，崑崙山的北邊有一片水域，那裏的水沒有任何浮力，即便在水面上放上一粒芥草，也會下沉到河底，這便是弱水。想必，你聽完之後也對這樣神奇的水充滿了好奇吧？如果這片水域現在就在你面前，可以讓你無限量地取水，你會取走多少呢？也許，一瓢足矣。就如同一部鴻篇鉅製，可取用的部分太多了，而我們只要能找到其中的一個點，深入地去理解、去表達，就足矣。寫讀後感的時候，「管中窺豹」未嘗不可。

練成了「乾坤一指」的三位小夥伴在「多讀軒」裏玩起了跑跑抓，每個人都想用點穴解穴的功夫來玩一玩。

小心！

哈哈！

哎喲……

小可樂你幹嗎呢！

吼！

啊！師父，我錯了。

我們這個「多讀軒」就是一間圖書館。在圖書館裏要保持安靜，不能大聲喧譁，更不可以玩跑跑抓……

師父開始訓斥小可樂。

西讀師父足足說了半個時辰，小可樂終於被說倒在地。

《三國演義》《水滸傳》？

師父，你怎麼把四大名著都抱來了啊？

西遊記

被你氣得我差點忘了。今天我把四大名著這樣的鴻篇鉅製都從書庫裏搬了出來，就是要教你們《讀後感真經》裏新的內容。

紅樓夢

怎樣寫一篇鴻篇鉅製的讀後感。

真的嗎？我們也要學！

好啊！你們倆！受罰的時候躲起來，學功夫的時候才跑出來，太不講義氣了！

師父，他們剛才也玩了跑跑抓，您也要罰他們才行！

好了，你這個大師兄作為代表已經受過罰了。何況我都累了，不說了。

哈哈！師父最好了！

好啦！說正題。前幾日，你們都學了《讀後感真經》的幾門功夫：「內功吐納」——熟讀原文。

「吸星大法」——概括內容。

「乾坤一指」——點中要害。

當然，學會這幾招，讀後感本可以說是不在話下了。可若遇到這些動輒上百萬字的長篇名著，這讀後感又該怎麼寫呢？

這時候，我們就要學會用一個方法。

竹管？

我這裏有一幅圖。

你來看看，再說說你看到了甚麼？

梅花！

我看到了梅花！

原來是一隻豹子啊。

我也要看！咦？哪有梅花呀，我看到的是一枚銅錢。

管中窺豹，可見一斑。

為鴻篇鉅製寫讀後感，也需要像「管中窺豹」那樣以小見大。

我們應該尋找一個自己感興趣的內容，從小處着眼，進而一窺全豹。

不錯，就好比這本《三國演義》，裏面的故事情節眾多，也都精彩紛呈。

出場的人物光是有姓名的就八百多號。

假如全都要寫出感悟，那估計你三天三夜也寫不完。

但抓住其中一兩處你喜歡的情節和人物去感悟，就會事半功倍。

我明白了，我最喜歡三國裏的劉邦。

我最喜歡力大無窮的項羽。

你們那是楚漢爭霸，不是三國！

083

祕笈點撥

管中窺豹，可見一斑。為鴻篇鉅製寫讀後感時，就用可以「以小見大」的方式，尋找一個自己喜歡人物或感興趣的情節，從小處着眼，就能事半功倍。

1. 小處着眼抓人物。

以小見大，使人物形象更加鮮明。《三國演義》中，出場的人物光是有姓名的就有八百多號，不可能面面俱到，因此你在寫讀後感時，就可以只寫「劉備」。例如：劉備胸懷大志，雖為一介草民，心中卻是家國大事，有宏圖大志；求賢若渴，不顧反對，三顧茅廬，只為請「臥龍」出謀劃策；重情重義，與關羽、張飛，桃園結義，出生入死兄弟為重。這樣的劉備，這樣的君主，自然成為大批英才的心之所向。

這樣對個別人物的突出介紹，能夠讓讀者在感受其鮮明個性的同時，對整本書也心馳神往。

2. 小處着眼取情節。

小情節有大作用，對它進行細緻介紹，文章會更加吸引人。《三國演義》中故事情節眾多，也都精彩紛呈，抓住一個描寫更能讓人物深入讀者內心。你可以寫：在「刮骨療毒」的故事中，關羽剜肉療毒

時，與將領們談笑自如，把酒言歡。重傷之下如此淡定自若，忍着劇痛仍面不改色，這足以見證他的錚錚鐵骨。頂天立地的男子漢正當如此！

有時候，寫讀後感所選取的故事情節越小反而越精彩，能夠令讀者在揣摩之中意識到整本書的精彩無限！

用武之地

少俠，你怎麼抱着四大名著啊？甚麼？你也在練「管中窺豹」？那我也不能再落後了，少俠，你能給我示範一下嗎？

請試寫一段關於四大名著的讀後感，力求做到以小見大。

_____

_____

_____

_____

_____

_____

第六十九回

推掌遊戲悟虛實

感悟要聯繫生活實際

> 虛招就是講道理，實招就是擺事實。
> 光有空談可不夠，虛實結合才合適。

　　讀後感王國這段時間烏煙瘴氣的，因為「感悟」和「生活」這兩位巨頭大吵了一架，在爭到底誰最重要。「感悟」激動地叉着腰道：「沒有我，你就將一成不變！我就是你的衣食父母！你說誰重要！」「生活」也不甘示弱：「光有你，沒有我，你就是紙上談兵，毫無用處！你說誰重要！」正當他們吵得不可開交的時候，國王來了，將他們倆叫到了身旁，說：「感悟的實踐離不開生活，生活的改變離不開感悟。要我看啊，你們都很重要，缺一不可。」他們聽完，頓時恍然大悟。

這幾日，三個小夥伴為了學習《讀後感真經》，在「多讀軒」閱讀了大量的書籍，修煉出越來越渾厚的內功。

今天，東寫、西讀兩位師父突然告知三人，他們要出山一段時間去辦事，請來了一位高手代替他們繼續傳授三人功夫。

高手？

三位小朋友，你們好呀！我們又見面了。

章真人！

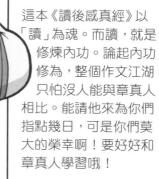

這本《讀後感真經》以「讀」為魂。而讀，就是修煉內功。論起內功修為，整個作文江湖只怕沒人能與章真人相比。能請他來為你們指點幾日，可是你們莫大的榮幸啊！要好好和章真人學習哦！

這日，油菜花運用此前所學的「讀後感功夫」打了一套拳，完成了這篇《釣魚的啟示》的讀後感。

《釣魚的啟示》這篇文章，通過描寫作者跟着爸爸釣魚時超過了規定時間，不得已將大魚放生的事情，讓我明白了一個道理：道德，說起來容易做起來難。道德實踐是需要力量和勇氣的。我們每個人都應該向文中的小作者學習，即便在沒有人監督的情況下，也要做到自律和慎獨，要具備道德實踐的勇氣和力量⋯⋯

小花，你的問題我先不說。我們先來玩一個遊戲吧！

玩遊戲？我們也要！

好啊。

這個遊戲是我們武當敘事派的小朋友經常玩的，叫「推掌遊戲」。兩個孩子雙腳開立，面對面站着，舉起雙掌，互推對方的雙掌。雙掌可以向前推，也可以分開推。誰能把對方推得退步，誰就贏了。注意你的手掌只能觸碰對方的手掌，若是碰到了其他地方，就算輸。

小可樂自告奮勇，率先上場一試。

至尊飽在一旁當裁判。

看我打出雙掌，來個先聲奪人。

手碰肩犯規，小師妹勝！

第二回合

不能着急發力。

開始！

嘿

三局兩勝，小師妹已經贏了！

小師妹好厲害啊。

章真人，我明白您的意思了。

那你不妨說說看。

「推掌遊戲」，是分為實招和虛招的。

實招就是真的出掌發力，克敵制勝；虛招就是雙掌分開，誘敵深入。這個遊戲既要實招，也要虛招。虛招可以讓對方輸，實招可以讓自己贏。只有虛實結合，才能獲勝。

實

虛

你說得沒錯。可是，跟你的讀後感有甚麼關係呢？

章真人是想提醒我，那篇讀後感虛招太多了，沒有實招。

嗯

油菜花用「虛實結合」的招數，將讀後感加以補充。

　　聯繫我們的生活實際來看：當過馬路時，即便沒有車輛，我們也要遵守交通規則，按信號燈出行，這是公民素質的體現；即便師長不在，也不可以違背校紀班規，要做到自覺自律，做文明道德的好少年……

加上實例，果然更有力量了！

祕笈點撥

讀後感最怕只有空談，沒有聯繫生活實際的事例來論證，那就很難有說服力。所以，讀後感裏的感悟部分，最好能聯繫生活實際來談一談，最好是發生在你或他人身上的真實事例，這樣不僅能引起共鳴，還會更有說服力。

1. 聯繫自己生活實際。

你可以由書上內容聯繫自己的真實經歷，引發讀者共鳴，比如下面這段：

就像《狐狸和烏鴉》中的烏鴉，我們都愛聽好話，被人誇獎的時候容易喪失理智。記得有一次鋼琴比賽，我拿了一等獎，還得到評委的連連稱讚。從此我練琴總是敷衍了事，對媽媽的勸誡更是充耳不聞。後來，因為疏於練習，我比賽時出醜了，我感到十分後悔，不能只聽好話而驕傲自滿。

2. 聯繫他人真實事例。

你可以在感悟中聯繫他人故事，尤其是名人故事，這樣更能增強文章的說服力。比如下面這段：

《鐵杵成針》的故事告訴我們：萬事需要付出努力，持之以恆最重要。在北京冬奧會上，谷愛凌獲得

了很多榮譽。成功的背後是她年復一年的努力堅持，日復一日的刻苦練習。獲得的榮譽是對她付出的褒獎，身上的傷痛是見證她努力的痕跡。凡事都需要持之以恆，這樣才會有好的結果。

用武之地

　　能得到章真人的指點，少俠，你可真是幸運！怎麼樣，要不要和我來玩一玩章真人所說的「虛實推掌遊戲」？這一回，我們用文字來比試。

　　請試寫一段讀後感，要求聯繫生活中實際的事例來談一談。

_____

_____

_____

_____

_____

_____

_____

_____

第七十回

剛柔並濟學運氣

夾敘夾議，從道理到實例

左手夾敘右夾議，剛柔陰陽來相濟。
既有誠懇講道理，又有生活真實例。

從前，有兩個愛讀書的書生，他們在同一個書院學習。每次讀完書之後，他們都會約到一起談一談自己的感受，卻總是爭執不停，誰都無法說服對方。他們一個只會講道理，從古到今的大道理，鋪天蓋地而來，令人無法喘息；一個只會說感受，即使是一個字、一個詞語、一個標點符號，說着說着也能聲淚俱下。直到天黑了，月亮升起來了，他們仍舊沒有爭出個高下。先生聞聲走來，撫着鬍鬚，把兩個人用的方法結合起來，曉之以理，動之以情，三言兩語就讓兩個人心服口服。你看，最強的力量就是剛柔並濟。

章真人繼續給三位小夥伴傳授「虛實結合」的思想。

武當敍事派的掌門人章真人，江湖人稱「虛實真人」。在他的眼中，敍事就等於虛實，而這個道理運用在讀後感中也是相通的。

這天早晨，三位小夥伴早早地起牀，來到練功場。

啊！

章真人這麼早就開始練功了呀，真厲害！

三人也不敢怠慢，都各自操練了起來。

不知不覺已經練了一上午。

呼,又熱又累。

章真人怎麼氣定神閒,一點也不累的樣子啊?

章真人,您練的這是甚麼功夫呀?怎麼越練越精神?

別看我好像是在打太極拳,其實我也是在練你們作文派的《讀後感真經》呀。

不會吧?章真人,您的太極神功跟我們的讀後感功夫有甚麼關係呢?

其實,敘事派的太極神功和作文派的讀後感功夫之間的共同點,在於運氣的方式是相同的。

運氣?

我運氣一向不太好。反倒是大師兄,比我強多了,總能瞎貓碰上死耗子。

這個「運氣」不是那個「運氣」的意思啦!

不錯，此「運氣」非彼「運氣」也。你們知道嗎？一篇文章也是有「氣」的。好的文章，運「氣」的方式是有相似之處的。

議論和抒情，屬於陰柔之氣；記敘和描寫，屬於陽剛之氣。一篇好文章，若能夾敘夾議，有理有情，那就會格外出彩。

一篇讀後感，如果能既擺事實，又講道理，自然也剛柔並濟，天下無敵。

原來如此，我來試試。

一個時辰後，一篇關於《狼王夢》的讀後感新鮮出爐了。

狼，在許多人的印象中，是殘暴、冷酷、兇殘、狡猾、陰險的象徵，可在《狼王夢》這本書中卻是另外一面 —— 充滿愛，堅強，有夢想。

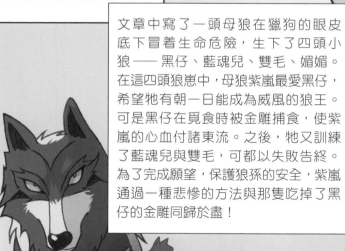

文章中寫了一頭母狼在獵狗的眼皮底下冒着生命危險，生下了四頭小狼 —— 黑仔、藍魂兒、雙毛、媚媚。在這四頭狼崽中，母狼紫嵐最愛黑仔，希望牠有朝一日能成為威風的狼王。可是黑仔在覓食時被金雕捕食，使紫嵐的心血付諸東流。之後，牠又訓練了藍魂兒與雙毛，可都以失敗告終。為了完成願望，保護狼孫的安全，紫嵐通過一種悲慘的方法與那隻吃掉了黑仔的金雕同歸於盡！

這本書告訴我們，動物同時有善良的一面和兇殘的一面，不能只看牠們表面上的兇狠或野性，應該也去體會牠們的友愛和善良。除此之外，在我們的生活中，哪個父母不像紫嵐一樣望子成龍、望女成鳳，對孩子寄予厚望呢？

比如我的媽媽，她每天早起為我做飯，白天要上班，晚上回到家還要關心我的學習，輔導我做作業。她的這顆心和母狼紫嵐的愛子之心並無二致。不論是人還是動物，天下間的母親都是偉大的。她們不但給予了我們生命，還一直不求回報地默默付出着、奉獻着。只要我們好好學習、健康成長、快樂生活，就是對她們最大的回報。

直到今天，每當我想起母狼紫嵐為了孩子和金雕同歸於盡的情節，心頭仍不禁會泛起一絲感動。

夾敍夾議，先讀後感；既有道理，又有實例。大師兄，真棒！

大師兄，服了。

祕笈點撥

習武有「氣功」，文章也有「氣」。好的讀後感有兩種「氣」：議論和抒情，屬於陰柔之氣；記敘和描寫，屬於陽剛之氣。一篇讀後感，若能夾敘夾議，有理有情，剛柔並濟，就會格外出彩。

1. 記敘和描寫

書中情節的記敘和描寫，使讀後感更有畫面感，讓讀者身臨其境。

在《紅樓夢》的讀後感悟中，冰心這樣寫：「《紅樓夢》是在我十二三歲時候看的，起初我對它的興趣並不大，賈寶玉女聲女氣，林黛玉的哭哭啼啼都使我厭煩，還是到了中年以後，再拿起這部書看時，才嚐到『滿紙荒唐言，一把辛酸淚』，一個朝代和家庭的興亡盛衰的滋味。」這裏，她僅用「女聲女氣」「哭哭啼啼」，就生動盡顯人物的特點，畫面呼之欲出。

2. 議論和抒情

抒發情感結合陳述觀點，使讀後感誠懇又理性。

冰心在《憶讀書中》如是說：「總而言之，統而言之，我這一輩子讀到的中外的文藝作品，不能算太少。我永遠感到讀書是我生命中最大的快樂！從讀

書中我還得到了做人處世的『獨立思考』的大道理，這都是從『修身』課本中所得不到的。」

用武之地

　　少俠，章真人口中的「夾敘夾議，剛柔並濟；既有道理，又有實例」充滿了哲理，你明白其中的奧祕所在嗎？

　　請試寫一個夾敘夾議的讀後感片段。

_____

_____

_____

_____

_____

_____

_____

_____

_____

第七十一回

四字真言成祕訣

引、議、聯、結，真絕！

> 引述材料取精華，議論感受心裏話。
> 聯繫生活實際事，結尾概括與歸納。

　　民國時，北京不同地區糖葫蘆的粗細檔次和銷售方式各不相同，有好幾種類型。在食品店、公園的茶點部、影劇戲院裏銷售的糖葫蘆，常常擺在玻璃罩下的白瓷盤裏，它們製作精緻，品種眾多，有山裏紅、白海棠、馬蹄、山藥、橘子和加入豆沙、瓜子仁、芝麻餡的各種糖葫蘆。引、議、聯、結就像糖葫蘆上各不相同的食材，將它們有序地聯起來，就串成了讀後感這串美味的糖葫蘆。

東寫、西讀師父回來後，章真人便向眾人告辭了。大家又回到了每日打坐、練氣、看書運功的日子。

這天，兩位師父來考核三位徒弟修煉的情況，至尊飽顯得沒有甚麼信心。

看樣子要給阿飽點信心才行。

阿飽，要有信心！師父來傳授你「四字真言」，保證讓你勝過大師兄、小師妹！

四個字就能勝過他們？真有這麼厲害嗎？

當然，師父甚麼時候騙過你？

來，我告訴你。

考核開始了。小可樂、油菜花分別用關於《小王子》和《窗邊的小豆豆》的讀後感順利過關。

輪到至尊飽出場了。

加油！

加油！

只見他將功夫演練起來，轉眼間寫出一篇讀後感。

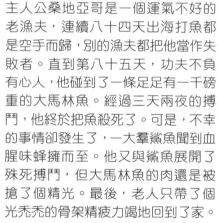

讀了《老人與海》一書，我被主人公鋼鐵般的精神深深地震撼了。

主人公桑地亞哥是一個運氣不好的老漁夫，連續八十四天出海打魚都是空手而歸，別的漁夫都把他當作失敗者。直到第八十五天，功夫不負有心人，他碰到了一條足足有一千磅重的大馬林魚。經過三天兩夜的搏鬥，他終於把魚殺死了。可是，不幸的事情卻發生了，一大羣鯊魚聞到血腥味蜂擁而至。他又與鯊魚展開了殊死搏鬥，但大馬林魚的肉還是被搶了個精光。最後，老人只帶了個光禿禿的骨架精疲力竭地回到了家。

嗯，這一段，阿飽將《老人與海》的主要內容和重點情節用幾句話就勾勒了出來，這「吸星大法」用得不錯。

面對龐然大物馬林魚，他以非凡的勇氣、驚人的毅力「奉陪到底」，忍受着常人難以忍受的飢餓、疲累和傷痛，一次次地超越自己的極限。面對強盜一般的鯊魚羣，他更是竭盡全力。魚叉被帶走了，刀子折斷了，短棍也丟了，除了滿身的傷痕和堅強的意志，他幾乎一無所有。最終，馬林魚的肉還是被貪婪的鯊魚咬走了。他似乎失敗了，但卻雖敗猶榮，仍然是讀者心目中真正的英雄。

二師兄進步很大啊，不但主要內容概括得好，而且中心思想也抓得準，說明你的「乾坤一指」也已修煉得爐火純青啦。

讀完這本書，掩卷之際我不禁自慚形穢。當我做作業遇到難題時，經常放棄不做；當我生活上遇到麻煩時，也經常「望風披靡」，總想讓媽媽幫忙解決。哎，難道等我長大以後，看到困難也要繞道，還要帶着媽媽走南闖北嗎？知識和生活經驗往往是在解決難題的過程中積累的。正所謂「不經歷風雨，怎麼見彩虹」。桑地亞哥都一大把年紀了，面對巨大的困難，與死神周旋，都還能做到永不放棄，而我作為一名如初升太陽般的少年，難道要退縮和放棄嗎？

當至尊飽行雲流水般地打完這套拳。

好！

我剛才看到西讀師父給至尊飽開小灶！西讀師父，您到底傳授他甚麼了，竟讓他的功力突飛猛進？

其實不過就是「四字真言」——引、議、聯、結。這四個字概括了讀後感的結構。

所謂「引」，就是要從原文中引述材料，引出自己讀了甚麼。

所謂「議」，就是要針對原文提出自己的感受。

所謂「聯」，就是聯繫自己的感受，聯繫實際生活中的事例談一談。

所謂「結」，就是在文章結尾再進行一個總結。

引、議、聯、結，這「四字真言」好厲害啊！西讀師父真偏心！

祕笈點撥

在讀後感的寫作方法裏，有「四字真言」——引、議、聯、結。這四個字概括了讀後感的結構。

「引」，就是要從原文中引述材料，引出自己讀了甚麼。

「……還有就是李清照的《聲聲慢》，她那幾個疊字：『尋尋覓覓，冷冷清清，淒悽慘慘戚戚……』寫得十分動人，尤其是以『尋尋覓覓』起頭，描寫盡了『若有所失』的無聊情緒。」這是冰心在文章中對《聲聲慢》的引述。

「議」，就是要針對原文提出自己的感受。

「武松、魯智深等人，都有其自己極其生動的風格，雖然因為作者要湊成三十六天罡七十二地煞才勉勉強強地拼湊了一百零八人的數目，我覺得也比沒有人物個性的《蕩寇誌》強多了。」這是冰心對於《水滸傳》《蕩寇誌》中人物塑造的個人感受。

「聯」，就是聯繫自己的感受，聯繫實際生活中的事例談一談。

葉文玲在《我的長生果》中，就談到自己的讀書感受：「……學校圖書館那豐富的圖書又像磁石一樣

吸引着我。那些古今中外的大部頭小説使我着迷，我把所有課餘時間都花在借閲圖書上。」

「結」，就是在文末再進行一個總結。可以是自身的閲讀感受，也可以是對書本身的評價。

例如，當我們在寫《史記》的讀後感時，就可以用上魯迅先生的評語「史家之絕唱，無韻之離騷」，進行總結結尾。

用武之地

少俠，這《讀後感真經》裏的結構小祕訣，你學會了嗎？

請以「引、議、聯、結」為結構，試寫一段讀後感提綱。

_____

_____

_____

_____

_____

_____

第七十二回

各有千秋皆歡喜

同讀一書，感悟各異

孫權勸學是榜樣，呂蒙成長貴自強。
魯肅惜才又重友，各種角度都很棒。

　　一枚蛋在鴨巢裏被母鴨孵了出來，因為長得與眾不同，所以被大家排擠、譏笑，甚至毆打。不僅在鴨羣中如此，在雞羣中也是這樣，大家都要趕走這隻醜小鴨。那時的牠，為自己的與眾不同而懊惱，未曾料想自己其實是一隻白天鵝，也不知道這份與眾不同是如此美麗。閱讀的過程中，你也許會萌發出一些不一樣的想法和感悟，別讓它溜走，也別覺得荒誕，及時記錄下來。你當然可以和別人不一樣，你的讀後感更是可以別具一格。就像列寧所說：「真理往往掌握在少數人手中。」說不定，寫讀後感的過程中，你就挖掘到了真理。

這次考核，三位小夥伴都表現得非常不錯，難分高下。東寫、西讀師父商量之後決定再加賽一輪。

加賽的形式叫「同讀異感」，即大家共同讀一篇文章，然後分別找一個自己喜歡的角度去寫讀後感。誰寫得最好，誰就是第一。

考題是這篇文章——《孫權勸學》！

孫權

你現在當權掌管政事，不可不學習！

軍中事務繁多沒甚麼時間。

呂蒙

我難道是想要你研究儒家經典成為傳授經書的學官嗎？只是應當粗略地閱讀，了解歷史罷了。你說軍中事務繁多，誰能多得過我呢？

於是呂蒙開始認真學習。

後來有一天，魯肅到尋陽和呂蒙議論國家大事。

你現在的才幹和謀略，不再是以前那個阿蒙了！

士別三日，就應刮目相看。兄長怎麼才認清這件事啊！

來，大家來抽籤吧。

孫權。

我的是呂蒙。

我抽到的是魯肅。

好，終極考核現在開始。

請展示你們的功夫吧！

小可樂率先出場。

讀完了《孫權勸學》這篇文章，我對孫權印象深刻。孫權身為一位君主，不但自己勤於學習，而且還不忘關注自己手底下的將領是否讀書。他善於用勸說的方式來引導別人去學習。得到了他的規勸，呂蒙才成為一位文武雙全的大將。呂蒙的成功，孫權功不可沒。而呂蒙的成功，也幫助孫權讓東吳更加強大，可以說是相得益彰。因此，我覺得我們可以在生活中學習孫權，既要自己努力，以身作則，成為好榜樣，也要用自己的能力去影響和幫助他人。

輕鬆學作文

不錯，越來越有大師兄的風範了。

下面我來！

在《孫權勸學》這篇文章裏，最讓我感同身受的就是呂蒙。一開始，呂蒙不夠重視學習，還用軍中事務繁多的理由來推託。但在孫權的勸說下，他終於明白了學習的重要性。於是，呂蒙知錯就改，開始認真學習，最後真的學有所成，文韜武略，不再是吳下阿蒙，令魯肅刮目相看。這不禁讓我想到了自己的經歷。在三位師兄妹中，我一開始不夠重視練功，是師父和大師兄、小師妹給我作出了表率和示範，也幫助我迎頭趕上，才有了今天的進步。我要繼續向呂蒙學習，不斷努力。

阿飽的進步真的很大。用自己的親身經歷來現身說法，好棒！

好棒！

到我的表演時間了。

學習《孫權勸學》這篇文章，有的人為孫權的以身作則而敬佩，有的人為呂蒙的虛心學習而感歎，然而我最欣賞的，卻是重學識的魯肅。魯肅驚歎於呂蒙的進步，非但沒有生出嫉妒之心，還十分敬仰和佩服。他前往拜見了呂蒙的母親，與呂蒙結為好友，給了呂蒙莫大的肯定與鼓勵。他的這種行為令人感動。在生活中，有些人嫉賢妒能，不能發現別人身上的閃光點，這是不對的。我覺得我們都應該向魯肅學習，擁有一雙發現美好的慧眼和一顆惜才重友的真心。

做得很好！任何一篇文章，讀完後的感受都會是多方面的，如果不加選擇，面面俱到，泛泛而談，那就可能導致甚麼也說不清。

所以要選擇自己體會最深刻的角度來寫，不同的角度就會有不同的啟發。只要抓住體會最深的一兩點寫透，就能寫出自己的特色。

這一次考核，三位小夥伴都是贏家。

祕笈點撥

　　任何一篇文章，讀完後的感受都是多方面的，如果面面俱到，泛泛而談，那就可能導致甚麼也説不清。要選擇自己體會最深刻的角度來寫，不同的角度就會有不同的啟發。只要抓住體會最深的一兩點寫透，就能寫出自己的特色。

　　你可以突出意外情節談感受。藉助故事情節中的一波三折，豐富讀後感。

　　比如：《刷子李》中的情節總讓我深感意外。開頭「一身黑衣」刷白牆的情節讓我十分吃驚，當我讀到曹小三看見師父衣服上的「白點」時，不禁倒吸一口涼氣，後面寫出這是破洞，再次突顯了刷子李的技藝高超。此時，我的心情也因為情節的轉折而坐上了「過山車」，真是一波三折！

　　你也可以結合寫作手法談感受。根據文章或整本書的寫作特色，談談寫作上的收穫。

　　比如：讀了《騎鵝旅行記》，我為作者的大膽想像而喝彩。尼爾斯被小狐仙變成小人，家鵝跟着候鳥遷徙，農場裏動物對尼爾斯冷嘲熱諷……這些情節都充滿了神奇的幻想，讓我也忍不住在日記中寫起了生

活中各種奇幻歷險故事。天馬行空的想像讓故事更有趣了！

你還可以深挖寫作意圖談感受，了解作者和作品背景，深入理解文本內容的深刻寓意。

比如：讀完《珍珠鳥》，我想，這篇文章不僅是描寫珍珠鳥的習性、樣子，還表達了作者對它的喜愛。馮驥才日常總是呵護珍珠鳥，他與小珍珠鳥溫馨地互動，告訴我們「人與動物應該和諧相處，信賴才能創造出美好的境界」。作者也是在呼籲大家愛護自然，愛護生命啊！

用武之地

少俠你看，同樣的一篇文章，不同的小夥伴寫，就能找到不同的角度，也寫出了不同的感悟。如果要你來寫這一篇讀後感，你會怎麼寫呢？

請閱讀《孫權勸學》這篇短文，並寫下屬於你自己的讀後感。